LA COMÉDIE AU COIN DU FEU

THÉATRE DE LA JEUNE FAMILLE,

CONTENANT

Le Mois de Marie, Les jolis Enfants,
Une Farce de Collége,
La Leçon de Grammaire
La Conscription,

PAR PIERRE

ORNÉ DE GRAVURES

LA

COMÉDIE AU COIN DU FEU

PARIS.—IMP. VERT FRÈRES, RUE DU POURTOUR, 3.

LA

COMÉDIE AU COIN DU FEU

THÉATRE

DE

LA JEUNE FAMILLE

CONTENANT

Le Mois de Marie. — Les jolis Enfants
Une Farce de Collége
La Leçon de Grammaire. — La Conscription

PAR PIERRE

ORNE DE GRAVURES

PARIS
B. RENAULT ET Cie, LIBRAIRES-EDITEURS
48, RUE D'ULM PROLONGÉE, 48

1864

LE

MOIS DE MARIE

DIALOGUE

A L'USAGE DES PENSIONS ET DES MAISONS RELIGIEUSES

PAR PIERRE.

PERSONNAGES.

GERTRUDE, grand'mère.

LOUISE, 12 ans,	petites-filles de Gertrude.
MARIE, 11 ans,	
JEANNETE, 8 ans,	
SUZON, 7 ans,	

VÉRONIQUE, leur tante.

LE MOIS DE MARIE.

SCÈNE PREMIÈRE.

MARIE, LOUISE. On entend le tambour qui bat le rappel.

MARIE, *se bouchant les oreilles.*

O mon Dieu, le vilain tambour! Il appelle mon oncle Jean.

LOUISE.

Oh! ma pauvre Marie, s'il est pris! s'il part! qui nourrira ma grand'-mère? qui nous nourrira?

MARIE.

Le bon Dieu n'abandonne pas ceux qui espèrent en lui.

LOUISE.

Et pourtant nous sommes orphelines!

MARIE.

Oui, Louise; mais nous ne sommes pas abandonnées.

LOUISE.

C'est vrai : ma grand'mère a remplacé maman, et mon oncle Jean travaillait comme notre père; il nous nourrissait; mais s'il part!

MARIE.

Si le bon Dieu veut, il restera.

LOUISE.

Oh! la vilaine chose que la conscription!

SCÈNE II.

MARIE, LOUISE, LA MERE GERTRUDE

GERTRUDE.

Je vais, je viens, je tracasse; je suis si inquiète!

MARIE.

Faut pas vous tourmenter, ma grand'mère.

GERTRUDE.

T'es raisonnable, Marie; c'est ton nom qui te porte bonheur; mais, mon enfant, si Jean était pris!

LOUISE.

Oh! c'est une loi bien injuste que celle qui enlève le soutien de toute une famille!

GERTRUDE.

Écoute, mon enfant; la loi a dit: Le fils aîné de la veuve restera pour soutenir sa mère; mais votre père vivant, j'étais dans l'aisance; mon fils voulut se marier, j'allais pas l'empêcher; il a plusieurs enfants, son travail leur est nécessaire ; qui aurait deviné que votre père serait mort, que ma pauvre fille n'aurait pu lui survivre, et qu'à soixante ans je me serais trouvée avec quatre petits-enfants ?

LOUISE.

Qui vous aiment bien !

GERTRUDE.

Et qui me rajeunissent ; je me sens le besoin de vivre. Mais tu vois bien que la loi ne pouvait pas deviner ça.

MARIE.

Non, ma grand'mère, et vous nous avez dit : Toujours il faut respecter la loi, d'abord la loi de Dieu, et puis la loi que les hommes ont faite.

LOUISE.

Oui, quand elle n'est pas contre-nature.

GERTRUDE.

Contre nature, mon enfant !

LOUISE.

Oui, ma grand'mère, c'est contre-nature de laisser une mère, les enfants de sa sœur dans le besoin, pour aller marcher au son du tambour, à droite, à gauche, en avant, en arrière

GERTRUDE.

T'es mutine, Louise; t'as tort; Mais, pour te le prouver, y faudrait te dire toutes sortes de choses que tu ne peux pas comprendre; ainsi faut me croire sur parole.

LOUISE.

C'est dur, ma grand'mère.

GERTRUDE.

Petite fille, faut t'habituer à ça, ou bien tu ne feras que des folies.

MARIE.

Je vous crois, ma grand'mère; car quand vous m'avez appris à lire vous m'avez dit : *b a ba*, j'ai cru, et j'ai appris à lire; vous n'en auriez jamais fini, s'il vous avait fallu me prouver que chaque syllabe devait produire tel son.

GERTRUDE.

O ma fille, je ne suis point assez habile pour ça.

LOUISE.

J'aime bien les preuves.

GERTRUDE.

Pourquoi ne manges-tu pas de la mort-aux rats pour croire que c'est du poison.

LOUISE.

Ah! c'est vrai.

MARIE.

Pourquoi ne sautes-tu pas par la fenêtre pour voir si cela te fait mal aux jambes.

LOUISE.

Ah! je m'aperçois que les expériences coûteraient cher.

GERTRUDE.

Quand je vous instruis, j'oublie mes inquiétudes. Mais mon pauvre Jean qu'est si bon! s'il fallait le voir partir, j'aurais bien du chagrin! Mais où sont vos petites sœurs?

MARIE.

Elles m'ont demandé la permission d'aller cueillir des fleurs.

LOUISE.

Des fleurs aujourd'hui !

GERTRUDE.

Ne les laissez pas longtemps seules, je vais à la mairie.

SCÈNE III.

LOUISE, MARIE, SUZON, JEANNETTE,

LOUISE.

Si mon oncle est pris, je sais bien ce que je ferai.

MARIE.

Que feras-tu, ma sœur ?

LOUISE.

Tu sais bien, les grandes fermes qui sont là-haut, à une lieue du village.

MARIE.

Eh bien?

LOUISE.

Eh bien, il y a là cinq ou six enfants qui n'apprennent pas à lire, parce que les parents disent que c'est trop loin.

MARIE.

Et tu iras?

LOUISE.

Oui, j'irai; je dirai : Je lis bien, j'écris bien, je viendrai tous les jours, vous me paierez le prix que vous paieriez le maître, et vos enfants seront chez vous, et je leur apprendrai de belles prières, et tout leur catéchisme.

MARIE.

Ils te trouveront trop jeune!

LOUISE.

Je leur dirai : Je n'ai que douze ans, mais je ne suis pas jeune, car je suis l'aînée de quatre orphelines ; prenez-moi à l'essai ; ils voudront bien. Ne m'enlève pas l'espérance.

MARIE.

Oh ! non ; ton courage vient de Dieu.

SCÈNE IV.

LES MÊMES, GERTRUDE.

LOUISE.

Oh ! que de fleurs !

SUZON.

Mais c'est aujourd'hui le jour des fleurs !

MARIE.

Aujourd'hui ?

JEANNETTE.

Oui, ma sœur.

LOUISE.

Quelle fête est-ce donc ?

JEANNETTE.

La fête du mois de mai ; c'est le plus joli mois de l'année.

MARIE.

Et tu le fêtes avec ce qu'il te donne.

LOUISE.

Mais c'est toujours comme ça, puisque de nous-mêmes nous n'avons rien. Quand je donne mon cœur à Dieu, je ne lui offre que ce qu'il m'a donné.

SCÈNE V.

LES PRÉCÉDENTES, VÉRONIQUE.

GERTRUDE.

J'ai pas pu rester, ça me fait trop de mal. Ah! mon Dieu! donnez-moi du courage et de la résignation.

TOUS LES ENFANTS.

Ma grand'mère!

GERTRUDE.

Mes chers enfants, v'là que je vous donne un mauvais exemple.

MARIE.

Oh! non, ma grand'mère! vous êtes soumise au bon Dieu!

GERTRUDE.

Que le bon Dieu m'en fasse la grâce.

LOUISE.

Est-ce bientôt le tour de mon oncle de tirer ?

GERTRUDE.

Oui, mon enfant; mais j'ai laissé là ta tante qui viendra me dire au moment..... Mais qu'est-ce que toutes ces fleurs ?

JEANNETTE.

C'est aujourd'hui le premier mai, c'est la fête des fleurs.

SUZON.

Dame, oui, ma grand'mère, est-ce que vous ne savez pas ça ?

GERTRUDE.

Et qui est la reine des fleurs ?

SUZON.

Je ne sais pas.

GERTRUDE.

Air : *Du Solitaire.*

Qui du sein de l'orage
Vient apaiser les flots?
Qui sauve du naufrage
Les pauvres matelots?
Qui porte la prière
Aux pieds de notre Dieu;
Du cri de la misère
Vient exaucer le vœu?

TOUS LES ENFANTS.

Ah! c'est notre mère!
Ell' sait tout, ell' peut tout, } *bis.*
Est partout, entend tout. }

GERTRUDE.

Qui guide nos voyages.
Prend soin de nos vieux jours,
Préside aux mariages,
De tous est le recours?
A notre heure dernière
Qui vient nous secourir;
Abaisse la barrière
Que nous allons franchir?

TOUS LES ENFANTS.

Ah! c'est notre mère!
Ell' sait tout, ell' peut tout,
Est partout, entend tout. } *bis.*

GERTRUDE.

Qui guérit la blessure
Que fait à notre cœur
D'un ami le parjure,
D'ennemis la noirceur?
Qui bénit la chaumière?
Qui soutient les palais,
Protège une bergère,
Donne aux peuples la paix?

TOUS LES ENFANTS.

Ah! c'est notre mère!
Ell' sait tout, ell' peut tout,
Est partout, entend tout. } *bis.*

LOUISE.

Et c'est la reine des fleurs, et c'est pour elle qu'elles seront, n'est-ce pas, mes sœurs?

TOUS LES ENFANTS.

Oui, oui...

LOUISE.

Air : *Il pleut, il pleut, bergère*

O bonne souveraine,
Vous aimez les enfants !
Oh ! soyez notre reine,
Acceptez nos présents.
Nous avons peu de chose,
Nous vous offrons des fleurs ;
Nous joignons à la rose
L'offrande de nos cœurs.

GERTRUDE.

Air : *Je vais revoir ma Normandie.*

Divine emblème d'espérance,
Céleste fille de Juda,
Ne trompe pas ma confiance,
Rends mon fils à mes faibles bras ;
Et pour toujours, Vierge bénie,
Le mois de mai, le mois des fleurs,
Deviendra le mois de Marie
Si vous daignez sécher nos pleurs.

MARIE.

Ne pleurez plus, ma grand'mere, la bonne Vierge vous a exaucée.

JEANNETTE.

Ah! je vais parer son autel.

SUZON.

Tous les jours, j'irai cueillir des fleurs, et je chanterai des cantiques et j'en ferai.

LOUISE.

Toi, petite?

SUZON.

Je n'ai que sept ans; mais quand j'aime, je sais bien le dire.

LOUISE.

Eh bien, dis donc?

SUZON.

Eh bien.

Air : *Ah! vous dirai je, maman.*

Je dirai tout simplement,
Sainte mère de maman,
C'est vous seule que je prie,
C'est vous que je remercie.
Je dirai tout simplement,
Sainte mère de maman.

SCÈNE VI.

LES PRÉCÉDENTS, VÉRONIQUE.

VÉRONIQUE.

Grande joie! grande joie! Jean a le bon numéro! le plus bon de tous! le plus haut!

GERTRUDE.

Ah! sainte vierge Marie, merci! Quelle joie!

TOUS LES ENFANTS.

O mon bon Dieu, ma bonne Vierge, je vous remercie!

GERTRUDE.

Véronique, racontez-moi cela.

VÉRONIQUE.

Vrai, c'est comme une espèce de miracle; tous les bons numéros ont sorti d'abord; et nous nous disions: N'y en aura plus que de mauvais. Arrive le tour de Jean: il fait le signe de la croix, et puis il tire hardiment; c'était le bon des bons! peut-être le seul bon qui était dans le chapeau.

MARIE.

O ma bonne mère! c'est la bonne Vierge qui a conduit sa main.

GERTRUDE.

Oh! oui, ah! sainte Vierge!

Air : *Vers le temple de la richesse.*

La voix de ma reconnaissance
Pénétrera bien jusqu'à vous,
Puisque le cri de ma souffrance
Est allé jusqu'à vos genoux.
Je veux que ma vie tout entière
Ne soit plus qu'un acte d'amour,
Ne soit qu'une longue prière
Qui finisse à mon dernier jour.

VÉRONIQUE.

J'entends Jean, allons vite l'embrasser.

SUZON.

Moi la première.

FIN DU MOIS DE MARIE.

LES

JOLIS ENFANTS

PETIT DRAME

PAR PIERRE.

Tout est couleur de rose
quand on a fait le bien.

PERSONNAGES.

SOPHIE.
HENRY.
ERNEST.
Mme BELMONT.
Mme DELVAL.
LA MÈRE.
ANNETTE.
LOUISON.
UN PETIT ENFANT.

LES JOLIS ENFANTS.

SCÈNE PREMIÈRE.

SOPHIE, ERNEST.

SOPHIE.

C'est aujourd'hui le dimanche gras.

ERNEST.

La grande nouvelle !

SOPHIE.

Ce n'est pas une nouvelle que je te dis ; mais c'est triste !

ERNEST.

Je ne comprends pas !

SOPHIE.

Tu ne comprends pas que c'est

triste de voir le dimanche gras sans fête?

ERNEST.

Ah ! je comprends cela, c'est fort triste ! mais, si tu veux, nous ferons un bal à nous deux.

SOPHIE.

Ce serait gai !

ERNEST.

Pas mal ! Je suis farceur, je vais mettre cette feuille de papier sur ma figure, et je te ferai des grimaces.

SOPHIE.

Tu me ferais peur, voilà tout.

ERNEST.

Bon ! c'est cela, ça m'amusera beaucoup.

SOPHIE.

Mais ça ne m'amusera pas du tout.

ERNEST.

Qu'est-ce que ça fait?

SOPHIE.

Cela fait beaucoup; je ne veux pas.

ERNEST.

Eh bien, je vais appeler Henry. Nous allons prendre cette petite table et nous allons te jouer la comédie. Tiens, tu vas t'asseoir dans ce petit coin.

SOPHIE.

Je te remercie du petit coin, tu as d'heureuses idées!

ERNEST.

Dame, que veux-tu? je t'offre

tout ce que je sais, tout ce que je puis. Rien ne convient à mademoiselle.

SOPHIE.

C'est si joli ce que tu m'offres!

ERNEST.

Eh bien, je vais aller dans le petit coin, et tu vas monter sur la table.

SOPHIE.

Me casser le cou!

ERNEST.

Oh! elle n'est pas mal solide, et puis elle n'est pas haute.

SOPHIE.

C'est rassurant...

SCÈNE II.

SOPHIE, ERNEST, HENRY.

HENRY.

Tiens, regarde !

ERNEST.

Qu'est-ce que cela ?

HENRY.

Oh ! c'est ça qu'est du beau ! Ecoutez. (Il déploie une grande affiche.) Le théâtre des marionnettes représentera ce soir la vie de Joseph ; on verra son enfance, les rêves qui lui apparaîtront pendant son sommeil, et qui seront rendus d'une manière admirable et fantastique. On le verra esclave, ministre, sauveur du peuple par sa prévoyance, sauveur de ses frères par le généreux pardon qu'il leur accorde; on verra la bénédiction de son père. Enfin il y aura des changements à vue, un feu d'artifice, une mise en scène pompeuse, rien ne sera épargné pour enchanter nos petits spectateurs.

SOPHIE.

Oh! mon Dieu, qu'ils seront heureux ces enfants!

ERNEST.

I y aura des changements à vue; c'est superbe! Qu'est-ce que cela?

HENRY.

Tiens, tu vois ce papier, tu ne le vois plus! Voilà un changement à vue.

ERNEST.

Ah! je croyais cela plus beau!

HENRY.

Mais c'est très-beau!

SOPHIE.

Il est fameux avec ses explications!

HENRY.

Eh bien, explique mieux!

SOPHIE.

Eh bien, tu t'imagines voir une forêt, tu conçois? une grande belle forêt, tu comprends?

ERNEST.

Va donc...

SOPHIE.

Tout d'un coup, regarde bien; regardes-tu?

ERNEST.

Sûrement, que je regarde.

SOPHIE.

Henry, regarde donc...

HENRY.

Je suis tout œil.

SOPHIE.

Eh bien, tout d'un coup, c'est un palais.

HENRY.

Oh! mon Dieu!

ERNEST.

Et la forêt?

SOPHIE.

Pas plus que sur ma main.

HENRY.

Quel plaisir j'aurais à voir cela!

ERNEST.

Et moi donc, j'aime tant les feux d'artifice; pouf! une chandelle romaine; cric, crac! un soleil qui tourne. Ah! quel bonheur!

SOPHIE.

Parle-nous donc, Ernest, de ton bal à nous deux, ou de la comédie sur la table....

HENRY.

Ah! voici ma tante!

SCÈNE III.

LES PRÉCÉDENTS, Mme DELVAL.

MADAME DELVAL.

Bonjour, mes enfants; que disiez-vous donc qui vous occupait si fort?

HENRY.

Regardez, ma tante, voyez cette belle affiche jaune, cette magnifique impression; tout ce luxe n'est rien, c'est la bagatelle de la porte; mais on représentera au théâtre des marionnettes l'histoire de Joseph, sa jeunesse, ses malheurs, sa gloire, ses vertus.

ERNEST.

Et puis, il y aura des feux d'artifice.

SOPHIE.

Et des changements à vue.

MADAME DELVAL.

C'est très-tentant; que n'allez-vous?

SOPHIE.

Mais, ma bonne tante, un franc

par personne, et ma bourse est ve .

HENRY.

Je dois cinquante centimes au pauvre Lapierre, je lui ai fait casser deux bouteilles vides que la cuisinière lui a fait payer.

ERNEST.

Moi, j'ai vingt-cinq centimes.

MADAME DELVAL.

Vous êtes très-riches! Mais vous êtes de bons enfants; ainsi voilà trois francs, et je vais obtenir de votre maman la permission d'aller voir les marionnettes.

TOUS.

Oh! je vous remercie, ma bonne tante!

SOPHIE.

Quel plaisir !

ERNEST

C'est une joie ! une joie !

HENRY.

C'est du bonheur !

MADAME DELVAL.

A bientôt, mes amis...

TOUS.

A bien vite, ma tante.

SCÈNE IV.

SOPHIE, ERNEST, HENRY.

HENRY.

Je vais mettre un peu de pommade dans mes cheveux, et Sophie voudra bien me les chiffonner un peu.

SOPHIE.

Ah! de tout mon cœur! Je ne sais si je dois changer de robe, celle-ci n'est pas très-jolie.

ERNEST.

Elle te sied bien, et puis, comme dit maman, une jeune personne n'est jamais si bien mise que quand elle est simple.

SOPHIE.

J'espère que tu profites.

ERNEST.

Je m'en fais gloire.

HENRY.

Mon pantalon est-il assez frais?

SOPHIE.

Mais, c'est pis qu'une femme.

HENRY.

Non, j'aime la propreté, voilà tout.

ERNEST.

Et nous calomnions ses vertus.

SOPHIE.

Qu'est-ce que j'entends?

SCÈNE V.

LES PRÉCÉDENTS, LA MÈRE, ANNETTE, LOUISON, JEANNETTE.

SOPHIE.

Que voulez vous, ma bonne?

LA MÈRE.

Ah! mam'selle, écoutez-moi: j'ai sigrand besoin et tant de honte de demander! Mam'selle, j'ai trois enfants. Chante, Annette.

ANNETTE.

Ah !..... Je vais chanter...

Air de la romance.

C'est la petite mendiante,
Qui vous demande un peu de pain ;
Donnez à la pauvre innocente,
Donnez, donnez, car elle a faim.
Ne rejetez point ma prière ;
Votre cœur vous dira pourquoi.
J'ai dix ans, je n'ai plus de père,
J'ai faim : ayez pitié de moi.

SOPHIE.

Pauvre petite, ne chante pas ; cela doit te faire trop de mal.

LA MÈRE.

Pauvre enfant, elle fait ce qu'elle peut pour m'aider ; on rebute les pauvres, quelquefois on écoute les chansons.

ANNETTE.

Je chanterai tant que je trouverai

une bonne âme qui m'écoutera ; il y a encore de bonnes âmes, et je leur dirai mon histoire.

LOUISON.

Tu diras. J'ai une maman, deux petites sœurs, plus de papa.

ANNETTE.

Et nous allons mourir autant de chagrin que de misère.

LA MÈRE.

Oh ! c'est bien vrai ! C'est si dur de mendier! Si j'avais seulement cinq francs pour m'en retourner dans mon pays, là, je trouverais à m'occuper, Annette aussi. Louison garderait sa petite sœur.

LOUISON.

Et je ferais bouillir la soupe, comme du temps de papa.

LA MÈRE.

Pauvre petite! Du temps de son père j'étais bien; il était maçon, rangé, bien occupé; mais il fit une chute, il fut longtemps malade. J'ai tout vendu pour le soigner; j'ai vendu mes nippes, celles de mes enfants, pour faire son enterrement. Je n'ai plus rien, je suis à vingt lieues de mon pays; je n'ai pas assez de force pour porter cet enfant vingt lieues, et Louison ne pourrait pas non plus marcher si longtemps.

ANNETTE.

Allons toujours, maman, je la porterai.

LA MÈRE.

Pauvre enfant! Comment pourrais-tu seulement la porter une lieue ?

ANNETTE.

Le cœur donne des forces.

LOUISON.

Maman, je marcherai !

LA PETITE.

Et moi aussi !

LA MÈRE.

Chères petites créatures ! Ah ! ce sont vos peines que je ne puis supporter.

SOPHIE.

Et dans votre pays vous gagneriez assez pour vivre ?

LA MÈRE.

Oh ! oui, mademoiselle ; je suis

connue, j'aurai de l'ouvrage et mon Annette aussi.

ANNETTE.

Je travaillerais de si bon cœur. C'est si gai de travailler, si triste de mendier !

SOPHIE.

Ah ! qu'elles me font pitié, mes frères.

HENRY.

Oh ! oui !

ERNEST.

Voilà mes vingt-cinq centimes.

LA MÈRE.

Je vous remercie bien.

SOPHIE.

Mes frères, j'avais deux francs en réserve pour m'acheter un joli tour de tête avec trois coques roses ;

c'est juste le prix. Mais, si vous voulez, je vais les joindre à nos trois francs; cela fera cinq francs, et cette pauvre femme pourra retourner dans son pays.

HENRY.

Ma chère dame, vous croyez que pour cinq francs.....

LA MÈRE.

Oh! oui, monsieur, il y a une charrette où j'aurais une place pour ce prix, et tantôt moi, tantôt Annette, monterait avec les petites.

SOPHIE.

Oh! mes frères!

ERNEST.

Et les changements à vue?

HENRY.

Et les feux d'artifice?

SOPHIE.

Et les pauvres enfants et cette pauvre mère?

ERNEST.

Cela ferait leur bonheur pour longtemps, et les marionnettes, c'est le plaisir d'un jour.

HENRY.

Et le souvenir?

SOPHIE.

Ah! quel souvenir de fête vaut celui du bonheur que nous allons leur procurer?

HENRY.

Je ne balance plus.....

ERNEST.

Ni moi...

SOPHIE.

Tenez, ma bonne, voilà cinq francs, retournez dans votre pays.

LA MÈRE.

Oh! je vous remercie, ma bonne demoiselle; merci, mes petits messieurs. Mais c'est trop pour des enfants, beaucoup trop. Je n'ose accepter.

HENRY.

Acceptez, ma bonne, acceptez; c'est à nous, bien à nous, c'est une fête que nous vous sacrifions, mais c'est de bien bon cœur.

ERNEST.

Oh! si vous saviez comme je suis heureux de pouvoir vous faire ce sacrifice.

SOPHIE.

Nous sommes aussi heureux que vous.

LA MÈRE.

Oh ! mon Dieu, mes enfants auront encore une famille, des amis, du travail, du pain, et c'est à vous qu'ils devront tout cela !

ANNETTE.

Vous faites notre bonheur, mais le bon Dieu fera le vôtre; il vous conservera votre papa, votre maman...

SCÈNE VI.

LES PRÉCÉDENTS, Mme DELVAL,
Mme BELMONT.

MADAME DELVAL.

Eh bien, mes petits amis, nous allons aux marionnettes.

MADAME BELMONT.

Oui, mes petits amis, je n'ai pu refuser votre tante.

SOPHIE.

Ma tante....

MADAME DELVAL.

Qu'avez-vous, Sophie?

HENRY.

C'est que ma tante, je n'ose vous dire que...

ERNEST.

Que nous avons disposé de l'argent que vous nous aviez donné.

MADAME DELVAL.

Comment?

LA MÈRE.

C'est à moi d'expliquer la conduite de ces charmants enfants. Je leur ai exposé ma détresse, ils m'ont donné leur argent ; mais, madame, je sais que ce sont des enfants ; voilà ce qu'ils m'ont donné, c'est à vous d'en disposer.

TOUS LES ENFANTS.

Gardez, gardez, n'est-ce pas, maman ?

MADAME BELMONT.

Et les marionnettes ?

SOPHIE.

O maman ! ma tante nous avait donné cet argent pour nous procurer un grand plaisir, et quel plaisir vaut celui que nous goûtons dans ce moment ?

MADAME DELVAL.

Vous avez raison, mes chers enfants !

MADAME BELMONT.

Ma chère femme, vous allez rester à dîner; vous, mes enfants, vous allez faire les honneurs du dîner, pendant que je vais préparer un petit paquet pour le voyage de ces pauvres gens.

SOPHIE.

Vous savez donc, maman ?

MADAME BELMONT.

Oui, ma fille; Justine, en les laissant entrer, est venue me conter leur histoire.

MADAME DELVAL.

Et je me charge des frais d'établissement.

HENRY.

Oh ! mon Dieu, que je suis content !

LA MÈRE.

Mesdames, mes chers enfants, messieurs, mademoiselle ! ah quel bonheur ! Je ne puis vous remercier ; je n'ai plus de parole.

ANNETTE.

Oh non ! mais nous avons des cœurs ; toujours je prierai pour les petits anges qui nous auront tiré de la misère.

LES PETITS ENFANTS.

Toujours, toujours.

ANNETTE.

Et le bon Dieu nous écoutera, car il aime les petits enfants.

SOPHIE.

Mon Dieu, mes frères, que nous sommes heureux !

Air : *Au pied de la Madone.*

Oh ! que je suis contente !
Que de joie dans mon cœur !
Comme l'oiseau qui chante,
Je benis le Seigneur.
Tout est couleur de rose,
Quand on a fait le bien ;
J'ai donné peu de chose,
Je ne désire rien.

FIN DES JOLIS ENFANTS.

UNE

FARCE DE COLLÉGE

VAUDEVILLE EN UN ACTE

PAR PIERRE.

> Le travail de la jeunesse prépare
> la gloire et le repos de la vieillesse.

PERSONNAGES.

LE PROVISEUR.

VICTOR,	écoliers.
CHARLES,	
ALFRED,	
JULES,	

UNE FARCE DE COLLÉGE.

SCÈNE PREMIÈRE.

CHARLES, VICTOR.

VICTOR, *il entre le premier en jouant à la corde.*

Un, deux, trois; je manque toujours les trilles, je ne fais bien que les doubles; mais regarde comme je vais bien.

CHARLES.

C'est merveilleux; ce jeune homme sait sauter!

VICTOR.

C'est un mérite.

CHARLES.

Qui n'est pas rare.

VICTOR.

Mais c'est très-utile !

CHARLES.

Oui, pour un sauteur... Oh ! mais j'admire les sauteurs.

Air : *Vent brûlant d'Arabie.*

On saute sur la corde,
Les tapis, les chevaux,
Et le public accorde
D'honorables bravos ;
Avec un doux sourire
Vous vous cassez le cou,
Et quand on vous admire,
Moi je vous trouve fou.

VICTOR.

Ah çà, t'imagines-tu que je veuille être sauteur ?

CHARLES.

Mais tu ne travailles que l'art des sauts.

VICTOR.

Ah çà, tu fais de très-mauvais calembourgs; je ne les aime pas, et si...

CHARLES, *se reculant.*

Tu es bon! tu ne veux pas que l'art de sauter soit l'art des sauts.

VICTOR.

C'est ambigu! je parle clair, moi.

CHARLES.

Comme il dit ça, lui.

SCÈNE II.

LES PRECEDENTS, ALFRED.

ALFRED.

Ah! je vous trouve enfin; c'est moi qui sais de belles choses!

CHARLES ET VICTOR.

Quoi donc ?

ALFRED.

Ecoutez : d'abord, Messieurs, M. l'Invisible, c'est-à-dire le proviseur, vient d'apparaître dans la cour : il avait un habit noir et une chemise blanche, des yeux tristes et une bouche idem ; il a toussé et il a dit : Messieurs, hier était un jour solennel.

VICTOR ET CHARLES.

Ah ! mais je n'en savais rien du tout.

ALFRED.

Eh bien, ni moi non plus ; mais écoute :

CHARLES ET VICTOR, *l'un à l'autre.*

Ecoute.

ALFRED.

Hier était un jour solennel ; vous avez composé en thème.

VICTOR.

C'est ça qu'est merveilleux !

CHARLES.

Ce n'était pas la peine de mettre son habit noir !

ALFRED.

Eh bien ! si vous m'interrompez toujours, je ne dirai rien.

VICTOR.

Je suis muet comme un poisson.

CHARLES.

Et moi comme un sauteur.

VICTOR.

Si tu m'insultes, je t'assomme.

ALFRED.

Qu'est-ce que cela ?

CHARLES.

Quand on parle de sauts on insulte Victor.

ALFRED.

Tu te crois sot ?

VICTOR.

Vois-tu, tu me feras passer pour sot.

CHARLES.

Non, pour sauteur.

ALFRED.

Silence ! écoutez-moi ; je continue le proviseur ; où en étais-je ?

VICTOR.

Vous avez composé en thème.

ALFRED.

C'est juste ! Vous avez composé en

thème, eh bien, Messieurs, cette composition avait été demandée par M. Delfeuil, le savant latiniste; il a laissé par son testament trois cents francs pour l'élève de sixième qui serait le premier en thème dans la composition de février.

CHARLES.

L'étonnante idée!

ALFRED.

M. Delfeuil reçut une semblable gratification pour une primauté en thème quand il était en sixième; il a cru que c'était à l'influence qu'avait exercée cet événement sur sa vie qu'il avait dû le goût du travail.

VICTOR.

Et il veut rendre ce qu'il a reçu.

ALFRED.

C'est cela.

CHARLES.

Mais on eût dû nous prévenir. Cent écus! ça vaut la peine!

ALFRED.

Justement, on ne doit savoir qu'après la composition quel est le prix.

VICTOR.

Oui, cette année, mais l'année prochaine?

ALFRED.

Cette année c'était la composition de février; l'année prochaine ce sera peut-être la composition de juillet.

CHARLES.

Je comprends, on veut tenir en haleine.

ALFRED.

Avec cette belle cachotterie je peux bien renoncer aux vingt-cinq louis.

VICTOR.

Si j'avais su !

CHARLES.

Et moi donc! Je me reproche un certain mot hasardé.

SCÈNE III.

LES PRÉCEDENTS, JULES.

JULES.

Eh bien, Messieurs, la bonne aubaine! si j'ai le prix, je donnerai un chapeau superbe à ma sœur, à vous tous des gants jaunes, et à moi de beaux livres.

VICTOR.

Air : *Bonjour, mon ami Vincent.*

Eh bien ! mon ami Charlot,
C'est toi qu'obtiendras la prime.

ALFRED.

Lui, il n'sera pas si sot,
Il étudie pour la frime.

CHARLES.

Jule espère, il a l'air content.

VICTOR.

Il compte déjà son argent.

ALFRED.

Mais il ne sera qu'un mime.

JULES.

De beaux gants,
De l'argent,

TOUS.

Récompenses du talent.

VICTOR.

Ma foi, Messieurs, je n'ai guère

d'espérance, alors il faut nous amuser.

TOUS.

Amusons-nous.

VICTOR.

Vous savez le petit couloir.

JULES.

Qui conduit à l'étude?

ALFRED.

Eh bien, le petit couloir!

VICTOR.

Il est très-obscur, je vais y tendre une corde, et puis quand on défile, patatras! vainqueurs et vaincus roulent dans la poussière, je les terrasse tous.

JULES.

Je n'en suis pas.

CHARLES.

Il a peur !

JULES.

Oui, de blesser un de mes camarades.

ALFRED.

Allons donc ; blesser ! on tombe, on roule, on se relève, et puis voilà voilà tout : j'en suis.

CHARLES.

Et moi aussi. Oh ! j'aime les farces.

Air : *Fille avant le mariage.*

Oh ! moi, je veux qu'on s'amuse,
Vivent les bons, les francs farceurs !
Je hais les poltrons, les buses,
Les savants et les orateurs.
Aujourd'hui si je fais l'attrape,
Demain je suis l'attrapé ;
Tant pis pour celui qu on hape.
Si je ne suis pas hapé,
La gaîté,
La santé.
Voilà ce qui m'aura sauvé.

CHARLES.

Oui, mais si nous allons tous trois dans le couloir, il est certain qu'on nous verra.

ALFRED.

Un seul ira dans le couloir placer la corde.

VICTOR.

Moi je suis le plus adroit.

CHARLES.

Je crois que je ferais mieux que les autres !

ALFRED.

Tirons à la courte-paille.

CHARLES.

Fais-les, toi, Jules.

JULES.

Non, je ne veux être pour rien dans le complot.

VICTOR.

Si tu nous dénonces !...

JULES.

Jamais je n'ai dénoncé personne ; je vous blâme, je vous le dis, voilà tout ; je ne m'associe jamais à ce que je blâme.

ALFRED.

Il est drôle, Jules !

VICTOR.

Oui, bien drôle ! il a des opinions à lui.

JULES.

Je vous trouve bien plus drôles de n'en pas avoir.

CHARLES.

Nous n'avons pas d'opinions ! comme si tous les écoliers n'ont pas les mêmes !

VICTOR.

Vois-tu, mon camarade, tu dis des bêtises ; car c'est si bien vrai que les écoliers ont tous les mêmes opinions, que mon père et mon grand-père ont fait les mêmes farces que nous faisons.

JULES.

Alors c'est usé, et une farce usée est une sottise.

CHARLES.

Ah ! comme il est pédant ! Alfred, fais-nous des pailles.

ALFRED.

Je partage ce morceau de papier en trois morceaux inégaux ; le plus court ira attacher la corde.

VICTOR.

Je me crois le plus leste.

CHARLES.

Je suis le plus adroit !

ALFRED.

Et moi le plus habile. Au plus heureux la chance ! (Ils tirent.)

VICTOR.

Air : *Eh! non, non, non.*

Eh ! bon, bon, bon,
C'est à moi la victoire,
Eh ! bon, bon, bon,
J'enfonce les leçons.
Vivent les bons garçons!
On vit bien sans gloire,
Sans gêne, sans façons,
Sans latin ni grimoire.

CHARLES.

Je vais à l'étude pour jouir de l'effet.

ALFRED.

Je reste ici, c'est pénible, mais

c'est mon devoir : il faut éviter les soupçons.

SCÈNE IV.

ALFRED, JULES.

JULES.

J'attends avec impatience le moment où l'on donnera les places.

ALFRED.

Moi, je suis très-tranquille.

JULES.

Cependant, Alfred, ce serait bien agréable d'être le premier, et puis moi je ne suis pas riche; il me semble que c'est une fortune 300 fr., gagnés par un bon thème, ça encourage.

ALFRED.

Cela ne prouve rien d'être le plus fort en thème.

JULES.

Un peu de mémoire et d'application.

ALFRED.

D'accord, mais d'esprit point.

Air : *Une fille est un oiseau.*

De la classe le plus sot
Est souvent le fort en thème;
Mais faut-il un stratagème,
Il ne trouve pas un mot;
Pour nous trouver une ruse,
Il est là comme une buse;
Jamais il ne nous amuse.
Vive l'écolier malin!
Son esprit plein d'artifice
Est le premier dans la lice;
Il enfonce le latin.

JULES.

Air : *Vous vieillirez, ô ma belle maîtresse.*

Je ne crois pas que l'esprit soit la ruse,
Car les Racine étaient-ils donc des sots?
Un homme franc que peut-être on abuse
Est estimé et jouit d'un doux repos.

Moi, j'aime à rire, mais toujours sans malice.
Qu'un mot joyeux égaie nos doux propos !
L'homme trop fin est près de l'artifice,
Je dois le fuir et craindre ses bons mots. } *bis*.

SCÈNE V.

LES PRÉCÉDENTS, VICTOR.

VICTOR, *il court.*

Je me sauve, j'ai entendu un grand cri....

JULES.

O mon Dieu ! si quelqu'un s'est fait mal !

ALFRED.

Pourvu qu'on ne nous soupçonne pas !

VICTOR.

Je crois qu'on m'a vu m'échapper, mais le corridor est si noir, qu'on n'aura pu me reconnaître.

SCÈNE VI.

LES PRÉCÉDENTS, CHARLES, en courant.

CHARLES.

Messieurs, cachez-vous, le proviseur me suit.

JULES.

Mais qu'est-ce ? pourquoi ?

CHARLES.

Un malheur affreux !

TOUS.

O mon Dieu ! quoi donc ?

CHARLES.

Le maître d'études !... Oh ! j'entends le proviseur ! cachez-vous, cachez-vous.

ALFRED.

Mais où ? Ah ! cette table !

VICTOR.

Et moi! (Il court d'un côté à l'autre.)

CHARLES.

Cache toi aussi, Jules, ou gare à toi.

JULES.

Pourrait-on me soupçonner?

VICTOR.

Cache-toi donc! tu nous dénonces.

SCÈNE VII.

LES PRECÉDENTS, LE PROVISEUR. (Ils se cachent tous derrière des chaises.)

LE PROVISEUR.

J'étais sûr que les coupables étaient ici. Méssieurs, ayez la bonté de vous tirer de derrière ces chaises, qui ne vous cachent pas, et de derrière cette table qui vous cache mal.

(Ils sortent tous d'un air honteux, à l'excep-ception de Jules, qui a l'air assuré.)

LE PROVISEUR.

Comment, Jules! vous aussi vous êtes du complot; répondez donc?

JULES.

Monsieur...

LE PROVISEUR.

Savez-vous le résultat de votre farce? car c'est ainsi que vous appelez vos embûches. M. Delfin, ce jeune maître d'études, homme d'esperance et d'avenir, marchait le premier; vous ne vouliez probablement que lui écorcher le nez, c'eût été plaisant; mais les verres de ses lunettes se sont cassés, et probablement il perdra un œil. Riez donc, Messieurs;

elle est jolie la plaisanterie. Ce jeune homme étudiait pour l'école polytechnique, il était sûr d'être reçu un des trois premiers, et ceux-là ne paient pas de pension ; et, pour avoir le moyen d'étudier, il s'était fait maître d'études, lui qui était né avec cinquante mille livres de rente ; mais vous lui enlevez son avenir. Que ferez-vous pour lui maintenant ?

JULES.

O Monsieur ! il faut qu'on essaie de le guérir ; il faut l'envoyer à Paris, il faut tout tenter.

LE PROVISEUR.

Messieurs, nommez-moi le coupable ! Jules ce ne peut être vous ; qui est-ce ? Vous ne répondez pas... Eh bien ! vous serez puni.

vous êtes le premier, c'est à vous qu'appartient le prix, le voilà, monsieur; voilà une lettre de change. Vousne serez point couronné, seulement on racontera votre aimable espiéglerie et ses déplorables suites.

VICTOR.

Monsieur, n'accusez pas Jules, c'est moi qui ai placé la corde.

CHARLES ET ALFRED.

Victor n'est pas plus coupable que nous, c'est le sort qui l'a désigné; mais nous étions du complot, Jules seul est innocent.

LE PROVISEUR.

Messieurs, je crois que vous avez assez bon cœur, pour sentir la force de la leçon. Jules, dans deux heures le préfet va venir vous couronner. Messieurs, vous sentez que le traitement de M. Delfin doit être à votre charge.

JULES.

Monsieur, je ne suis pas riche; mais je n'ai besoin de rien; mes amis seraient grondés par leurs parents, permettez-moi de consacrer mon prix à réparer une faute que peut-être j'aurais dû empêcher.

VICTOR.

Tu es trop généreux!

CHARLES.

Je veux que tous mes menus plaisirs soient consacrés à te payer madette.

ALFRED.

Jules, j'accepte, car mes parents font déjà un énorme sacrifice pour me faire faire mes études; mais désormais je ne perdrai plus mon temps, je ne suis plus un farceur, mais un travailleur.

LE PROVISEUR.

Puisque ces messieurs acceptent, Jules, je vous autorise à cette générosité; je sais que vos parents en seront enchantés. Je vous estime Jules.

JULES.

Oh! que je suis content d'être fort en thème!

LE PROVISEUR.

Il peut arriver quelquefois qu'un homme d'esprit n'ait pas réussi dans ses études; mais, croyez-le bien, c'est qu'il a manqué d'application et de docilité, et si un homme sans esprit réussit, c'est qu'il remplace l'esprit par une forte application; et l'on doit récompenser l'application et non pas la facilité.

VICTOR.

Ah! monsieur le proviseur, je suis corrigé, je veux travailler, et je vais dire à tous mes amis :

Air : *Du canal Saint-Martin.*

Venez, bons camarades, venez chanter en chœur
De notre bon ami la bonté, la douceur;
Nous célébrons avec joie son bonheur,
Son aimable bon cœur,
Au travail son ardeur.
Vive à jamais le jour de son bonheur!
Aujourd'hui la couronne
T'assure des amis,
Le travail qui la donne
De tous est applaudi.
La jeunesse prépare
Le charme des vieux ans;
Malheur à qui s'égare,
Il en souffre longtemps.
Venez, bons camarades, etc.

ALFRED.

Laissons polichinelle
Et ses joyeux tréteaux,
Tirons sur la ficelle,
Rions de ses bons mots;
Ne cherchons pas à plaire
En voulant l'imiter:
Un bon enfant préfère
Ce qu'il doit estimer.

Venez, bons camarades, etc.

LE PROVISEUR.

Le moment est propice,
Je lance un court sermon;
Messieurs, je suis novice
A donner la leçon.
Excusez ma faiblesse,
Daignez m'encourager;
De ma verte jeunesse,
Je vais me corriger.

Venez, bons camarades, etc.

FIN D'UNE FARCE DE COLLÉGE.

LA
PETITE LEÇON
DE GRAMMAIRE.

L'ignorance volontaire est une preuve de paresse, et c'est un défaut honteux ou une marque de nullité d'intelligence, alors c'est un malheur.

Donc l'ignorance volontaire est le résultat d'un vice ou d'un malheur.

PERSONNAGES.

ALFRED, dix ans.

M. TRICOT, cinquante ans.

Mme BONNEFILLE, mère d'Alfred.

LA PETITE LEÇON DE GRAMMAIRE.

SCÈNE PREMIÈRE

ALFRED, M. TRICOT.

ALFRED.

J'irai manger de la crême et des fraises (chantant), de la crême et des fraises. Voyons, apprenons ma leçon.

TRICOT.

Pourquoi m'insultez-vous?

ALFRED.

J'apprends ma leçon!

TRICOT.

Polisson vous-même?

ALFRED.

Apparemment qu'il est fou!

TRICOT.

Je ne suis pas saoul...

ALFRED *étudiant.*

Sot, lourd et méchant,
Grossier, menteur, nonchalant.

TRICOT.

Ah ! c'est trop fort, je vais t'assommer ! (Il court sur Alfred avec son bâton.)

ALFRED, *en courant.*

Qu'a-t-il donc cet homme?

Sot, lourd et méchant,
Grossier, menteur, nonchalant.

TRICOT.

Ce que j'ai ! ce que j'ai ! ah ! c'est trop fort !

SCÈNE II.

Mme BONNEFILLE, ALFRED, M. TRICOT.

MADAME BONNEFILLE.

Monsieur, que vous a fait cet enfant?

TRICOT.

Madame, il m'appelle méchant, menteur, sot; je ne puis me rappeler toutes les injures qu'il m'a dites, à moi, votre très-humble serviteur.

MADAME BONNEFILLE.

Comment, Alfred!...

ALFRED.

Mais, maman, cela n'est pas vrai; j'ai dit les adjectifs que j'apprends par cœur.

MADAME BONNEFILLE.

Alors, monsieur, vous ne pouvez vous offenser.

TRICOT.

Qu'est-ce ça, des adjectifs ?

ALFRED.

Comment ! vous ne savez pas que l'adjectif est la qualité ou la propriété d'un nom auquel on l'ajoute.

TRICOT.

L'adjectif est un propriétaire?

ALFRED.

Tout le contraire, c'est la propriété.

TRICOT.

Je ne comprends pas.

ALFRED.

Tenez, monsieur Tricot, écoutez-moi : comment s'appelle ça?

TRICOT.

Un bâton.

ALFRED.

Ça ?...

TRICOT.

Une main.

ALFRED.

Ça ?

TRICOT.

Un pied.

ALFRED.

Eh bien ! tout ce qui sert à nommer quelque chose s'appelle un nom.

TRICOT.

C'est moi qui en sais des noms ! nez, jambe, pied, bouche, front, yeux, cheveux.

ALFRED.

Et la qualité de tous ces noms,

c'est l'adjectif. Ainsi, monsieur Tricot (il le salue), grand pied, petite jambe, grosse bouche, front bas, cheveux gris; voilà les adjectifs de vos noms.

TRICOT.

Du tout, monsieur, jolie jambe, petit pied, bouche rose, front gracieux, cheveux blonds: voilà mes adjectifs (dansant), voilà mes adjectifs!

ALFRED, *dansant aussi.*

Petit, gentil, joli: voilà mes adjectifs!

TRICOT.

Petit, gentil, joli: voilà mes adjectifs!

MADAME BONNEFILLE.

Tu ne sauras pas ta leçon, tu n'iras pas à la campagne.

TRICOT.

Manger de la crème et des fraises.

ALFRED.

Eh bien ! crême et fraises, sont-ce des mots?

TRICOT.

Ah! il me prend pour un sot; c'est, ce sont des adjectifs : c'est sa qualité d'être fraise à ce bonbon-là, et à ce lait-là, d'être de la crème.

ALFRED, *frappant des mains et courant.*

Charmant ! c'est la qualité d'être Tricot, et ma propriété d'être Alfred. Joli! joli!

TRICOT.

Je n'ai pas bien dit?

ALFRED.

Non, monsieur Tricot. (Il tire une

corde de sa poche.) Vous voyez cette corde.

TRICOT.

Oui, monsieur. (Il le salue.)

ALFRED, *saluant.*

Eh bien! corde, c'est son nom, et non sa qualité; c'est forte, qui est sa qualité.

TRICOT.

Ainsi, crême et fraise sont des noms; mais si je dis, bonne crême et belles fraises, j'ai ajouté l'adjectif au nom. Me voilà fort habile.

ALFRED.

Je sais bien autre chose!

TRICOT.

Quoi donc?

ALFRED.

Je connais le verbe.

TRICOT.

Je ne connais pas cet animal-là.

ALFRED.

Voulez-vous le connaître?

TRICOT.

Oui.

ALFRED, *lui donnant un coup.*

Le voilà!

TRICOT.

Doucement! Que voulez-vous dire?

ALFRED.

Le verbe est une action.

TRICOT, *dansant.*

Je fais un verbe.

ALFRED.

Oui.

TRICOT.

Danser est un verbe; alors manger, courir, boire, chanter, sont des verbes. C'est très-drôle, cela ; on ne peut pas se bouger sans faire des verbes.

ALFRED.

Ce qui est bien singulier, c'est qu'on ne peut pas penser sans faire des verbes.

TRICOT.

Vous vous moquez de moi. Je ne sais pas grand'chose, parce quand j'étais jeune, mes maîtres disaient que j'étais trop bête pour apprendre.

ALFRED.

Et quand vous n'étiez plus jeune ?

TRICOT.

J'étais trop vieux.

MADAME BONNEFILLE.

Cela arrive souvent; quand on retarde le temps de l'éducation, il n'arrive jamais.

TRICOT.

Pardonnez-moi, madame, je n'avais jamais compris aucuns Maîtres, et je comprends M. Alfred.

MADAME BONNEFILLE.

C'est bien flatteur pour Alfred.

ALFRED.

Vous me comprenez très-bien?

TRICOT.

Parfaitement! Le nom, c'est le mot qui sert à nommer; c'est chou, perdrix. L'adjectif, c'est la qualité du nom; chou vert, perdrix rouge, vert et rouge sont des adjectifs; et regardez comme l'esprit me vient, je découvre que l'adjectif a besoin du nom pour exister. L'esprit me vient, l'esprit me vient...

ALFRED.

Je ne vous comprends pas à mon tour.

TRICOT.

Comment! vous ne comprenez pas que si je dis vert, rouge, sans dire chou et perdrix, ça ne veut rien dire?

ALFRED.

Ah! monsieur Tricot, vous avez raison, l'esprit vous vient....

TRICOT *salue Alfred.*

Grâce à vous, monsieur Alfred!

ALFRED, *saluant.*

Vous êtes bien honnête, monsieur Tricot!...

TRICOT.

Vous m'avez dit que le verbe était une action : marcher est un verbe ; mais vous venez de me dire que je ne pouvais pas penser sans verbe. Je ne comprends pas....

MADAME BONNEFILLE *qui s'est assise et qui travaille.*

Tire-toi de là, Alfred.

ALFRED.

Cela n'est pas bien difficile. (*Avec un air capable.*) Voyons, quand vous aimez quelqu'un, là, de bonne foi, est-ce avec votre main ou votre pied?

TRICOT.

Quel, c'est sot ! c'est avec mon cœur.

ALFRED.

C'est donc une action de votre cœur, aimer ?

TRICOT.

Ma foi oui ! mais je ne savais pas que mon cœur agissait.

ALFRED.

Mais si vous aimez, vous haïssez...

TRICOT.

Oh ! je ne hais que les limaçons, ils me font toujours les cornes.

ALFRED.

Vous chérissez, vous adorez.

TRICOT.

Et tout cela sont des actions du cœur... Moi qui croyais que mon cœur ne faisait rien ; pauvre petit ! comme il travaille !

ALFRED.

Mais il y a encore autre chose qui travaille en nous.

TRICOT.

Quoi donc?

ALFRED.

Est-ce avec votre cœur ou avec vos mains que vous pensez?...

TRICOT.

Je pense... Je ne sais pas avec quoi je pense...

ALFRED.

C'est avec votre esprit....

TRICOT.

Mais si on n'avait pas d'esprit.

ALFRED.

On n'aurait pas de pensée.

TRICOT.

Je pense, donc j'ai de l'esprit....

O monsieur Alfred, je vous remercie. Je pense, donc j'ai de l'esprit.... Que je suis content !...

ALFRED.

Et tous les mots qui expriment l'action de votre esprit sont des verbes.

TRICOT.

C'est avec mon esprit que je comprends : comprendre est un verbe.

ALFRED.

Se rappeler, remarquer, enseigner, sont des actions de l'esprit.

TRICOT.

Que je suis content ! Je me rappelle avec mon esprit; je remarque la bonté de madame votre mère avec mon esprit, et vous m'enseignez avec le vôtre. (Frappant des mains.) Vive l'esprit! nous avons de l'esprit!

ALFRED.

Eh bien! voulez-vous être plus habile encore?

DRICOT.

Oui! oui!.... Oh! je veux être habile!

ALFRED.

Vous saurez donc que le pronom remplace le nom.

TRICOT.

Il y a un mot qui remplace Tricot?

ALFRED.

Oui! Si je dis, monsieur Tricot a de l'esprit, il comprend vite, *il* remplace Tricot.

TRICOT.

C'est vrai. Si je dis M. Alfred est bon enfant; il explique bien : *il* veut dire Alfred. Ainsi le pronom est comme un cheval qui va à toutes voitures.

ALFRED.

Si vous comprenez ça, nommez-moi des pronoms.

TRICOT.

Mais, *vous* est un pronom, ça remplace Alfred; et *je* est un autre pronom, il remplace Tricot. N'ayez pas peur, je les reconnaîtrai bien, chaque fois qu'un mot sera mis à la place d'un nom, je dirai connu, mon petit: tu es un pronom.

ALFRED.

Ah ! monsieur Tricot ! vous serez bientôt aussi habile que moi.

TRICOT.

Voyons, dites-moi le fin mot de votre science.

ALFRED.

Voici le superfin ; écoutez-moi : on appelle sujet, le mot qui fait l'action exprimée par le verbe.

TRICOT.

C'est de l'hébreu, ça.

ALFRED.

Vous ne faites pas attention, voilà tout. Vous avez bien compris que le verbe est le mot qui exprime une action. Ainsi, si je dis : Le vent éteint la chandelle, qui fait l'action d'éteindre ?

TRICOT.

C'est le vent, parbleu!

ALFRED.

Eh bien! vent est le sujet, c'est-à-dire la chose qui fait l'action.

TRICOT.

Ce n'est pas plus difficile que ça : le soleil éclaire la terre; le sommeil ferme les yeux... Soleil et sommeil sont des sujets, parce que...

ALFRED.

Parce que le soleil fait l'action d'éclairer, le sommeil l'action de fermer les yeux.

TRICOT.

Je comprends très-bien; les sujets font des verbes.

ALFRED.

Et le mot qui reçoit l'action du verbe s'appelle complément.

TRICOT.

Je ne comprends plus.

ALFRED, *le poussant.*

Comment! je pousse Tricot.

TRICOT.

Halte-là ! ce n'est pas la grammaire.

ALFRED.

Mais si.... Je fais le sujet, et vous êtes le complément.

TRICOT.

Parce que vous me poussez !

ALFRED.

Mais oui ! Je fais l'action, je suis le sujet; vous la recevez, vous êtes le complément.

TRICOT, *il donne un coup de pied à Alfred.*

Je donne un coup de pied à Alfred, vous êtes le complément.

ALFRED.

Ah! je vais t'en donner des compléments!

MADAME BONNEFILLE.

Tant pis pour vous, Alfred; M. Tricot a été complément, vous l'êtes: chacun à son tour.

TRICOT.

Mon Dieu, oui, monsieur Alfred. Le chien mord la vache: le chien est le sujet, la pauvre vache qui reçoit l'action est le complément; mais si la vache donne un coup de corne au chien, elle devient sujet, et le chien n'est plus que le complément. Je serai sujet et non complément. Ce n'est pas agréable d'être complément.

ALFRED.

C'est selon, je donne un napoléon à Tricot, tu n'es là que complément, et c'est agréable pourtant !

TRICOT.

Ah ! monsieur Alfred ! j'aimerais encore mieux dans ce cas être le sujet que le complément.

MADAME BONNEFILLE.

C'est un noble sentiment, monsieur Tricot ; mais, mon cher Alfred, il est temps de partir ; tu as bien expliqué les notions de grammaire à M. Tricot, viens t'amuser à la campagne.

TRICOT.

Moi, je vais aller faire des verbes... et des sujets.

Je donne un soufflet,
Je suis sujet ;
Je le reçois, c'est différent,
Je ne suis plus que complément.
Vive la science!
A bas l'ignorance,
Ma vive intelligence
A par sa puissance
Saisi tout cela! Ah! ah! } *bis.*

FIN DE LA LEÇON DE GRAMMAIRE.

UNE

CONSCRIPTION

VAUDEVILLE EN DEUX ACTES.

Par PIERRE.

Celui qui ne vit que pour soi
ne mérite l'amitié de personne.

PERSONNAGES.

CHARIOT, marin.
FIRMIN.
JULIEN, frère de Firmin.
EUSTACHE, père de Firmin et de Julien.
JEANNOT.
COLAS.

UNE
CONSCRIPTION.

PREMIER ACTE.

SCÈNE PREMIÈRE.

FIRMIN, CHARLOT.

(D'abord Charlot tout seul. Il entre en dansant.)

Quand je suis en goguette,
Tout tourne;
Quand je suis en goguette,
Au monde je fais la loi,
Tout tourne avec moi;
Je suis plus puissant qu'un roi.
Quand je suis en goguette, etc.

(Firmin entre sur la reprise et danse avec Charlot.)

FIRMIN.

Morgué, n'y a rien de pus vrai, quand j'ai un p'tit coup sous le bonnet, j'sis heureux comme n'y a pas; c'est dommage qu'ça chagrine mon bonhomme de père.

CHARLOT.

Ah ! le bonhomme a la digestion difficile?

FIRMIN.

Oui, des riboles que je fais!

CHARLOT.

Et des siennes?

FIRMIN.

Il n'en fait jamais.

CHARLOT.

AIR : *Vous vieillirez.*

Souvent paré d'une vertu sévère,
L'homme ne suit, hélas! que son penchant:
Ton pere gronde, tel est son caractère,
Et moi, je t'aime, mais avec devouement.
Va, tu verras par quelle active adresse
De doux plaisirs je saurai t'entourer;
A tous ces soins reconnais la tendresse
Voila, voila comme l'on doit aimer.

FIRMIN.

Ma foi, c'est vrai! Sa tendresse ressemble à de la haine : il ne voudrait pas me permettre la plus légère distraction.

CHARLOT.

Mais t'as vingt-trois ans ! Tu n'e plus un enfant, morguenne !...

FIRMIN.

Un enfant ! sapristie ! Qu'est-ce qui me prend pour un enfant ?

SCÈNE II.

JEANNOT, FIRMIN, CHARLOT.

JEANNOT.

Quel enfant, toi ! Y a longtemps que t'es émancipé. T'as-t'y seulement travaillé de la semaine ?

FIRMIN.

Ça ne te regarde pas.

JEANNOT.

Je sais bien ; mais j'aimerais savoir d'où as-tu de l'argent ?

CHARLOT.

Qu'est-ce que cela te fait ?

JEANNOT.

Mais oui, car je voudrais avoir de l'argent sans rien faire.

FIRMIN.

Mais je travaille ! Et puis est-ce que tu me crois ivre?... dis donc, malheureux ?

JEANNOT.

Ah ! monsieur Firmin, ne vous fâchez pas ! V'êtes quelquefois gai ! mais jamais vous n'êtes, vous m'entendez bien ! mais vous faites bombance, et v'là c'que j'aimerais ! Comment faites-vous !

FIRMIN.

AIR : *C'est le gros Thomas.*

Je bois le lundi,
Le mardi même tapage;
Mais dès le jeudi,
Comme un bon plein de courage,
Jusqu'au samedi,
De bon appétit,
Je sais rester à l'ouvrage,
Comme un garçon de ménage.

Oh ! je suis vraiment
Un tres-bon enfant.

JEANNOT.

Même air.

Mais dès le lundi,
Vite je m' mets à l'ouvrage ;
Eh bien, le mardi,
C'est encor même ramage ;
Jusqu'au samedi,
J'en perds l'appétit,
Il faut rester à l'ouvrage ;
J'n'ai plus ni force ni courage.
Car aussi, vraiment,
C'est trop échiguant.

CHARLOT.

Si tu te délassais davantage, tu travaillerais plus et mieux.

JEANNOT.

J'avais pensé cela ! mais ce que je voudrais, c'est être un brave garçon comme vous ! là, hardi !

(Charlot lui prend la main.)

JEANNOT.

Ah ! monsieur Charlot, laissez-moi la main ; voyez-vous, la vôtre est comme un étau.

CHARLOT.

T'as-t'y peur ?

JEANNOT.

Nenni. Mais vous avez été sur tous les bateaux du roi, ça forme la poigne ; et moi qui suis tailleur, voyez-vous, c'est différent.

FIRMIN.

Tu devrais t'embarquer.

JEANNOT.

Pas si bête. J'ai peur de la mer...

CHARLOT.

Peur ! peur ! Oses-tu le dire ?

JEANNOT.

Dame, puisque c'est vrai.

CHARLOT.

Misérable, tu as peur !

JEANNOT.

Pardine, vous me faites autant de

peur que la mer, v'êtes comme un ouragan.

CHARLOT (*avec un air de supériorité*).

Oh! je suis bon enfant!

JEANNOT.

Oh! oui, mais v'êtes habitué à de grands tapages.

CHARLOT.

Eh bien! tu seras peut-être forcé de t'y habituer, si tu es pris au sort.

JEANNOT.

Que le ciel me préserve, miséricorde!

CHARLOT.

Quel grand malheur!

Soldat, soldat,
C'est un bel état;
Allons, mon garçon,
Le son du canon
Te ranimera,
Te refera.
Soldat, soldat,
C'est un bel état!

FIRMIN.

Diable, ça me fait penser...

JEANNOT.

Quoi, monsieur Firmin?

FIRMIN.

Que c'est aujourd'hui que mon frère tire.

JEANNOT.

Est-ce que vous aviez pu l'oublier? Mon Dieu, v'là huit jours que je ne dors pas...

CHARLOT.

Peureux...

JEANNOT.

Et je ne suis pas dans la position de ton frère; car enfin c'est un brave garçon, Julien; c'est lui qui nourrit ta famille, tous les enfants de ta sœur, de cette sœur dont le mari est mort.

FIRMIN (*avec humeur*).

Oui... oui...

JEANNOT.

Dame! c'est pas pour te fâcher, mais, vois-tu, c'est que ce pauvre Julien à vingt ans est père de famille.

CHARLOT.

Comment cela?

JEANNOT.

Comment! le père de Firmin est un savant, il a été militaire, il a la croix d'honneur; mais dame! il a des blessures, il ne peut pas travailler beaucoup, il a des douleurs; il a sur les bras sa fille et trois petits-enfants, et c'est Julien qui nourrit tout cela!

CHARLOT.

Ma foi, c'est beau! mais pourquoi sa sœur s'est-elle mariée à un homme qui s'avise de mourir? Chacun doit nourrir ses enfants!

JEANNOT.

Ah! c'est vrai cela: chacun pour soi.

FIRMIN.

Voilà ce que je dis. On me reproché mes plaisirs; il faudrait, à les entendre, que je sois là comme une victime de l'ouvrage, le matin, le soir, toujours, toujours!

CHARLOT.

Je parie qu'ils disent tous dans le village que je suis une mauvaise compagnie.

JEANNOT.

Pardine! y le disent tous; y disent: Ce garçon-là n'est pas du pays, il est venu toucher un héritage, y va le manger; qui le mange, mais qu'il ne nous débauche pas nos jeunes gens.

CHARLOT.

Ah! voilà ce qu'on dit? Et qui est-ce qui dit cela?

JEANNOT.

Ma foi, tout le monde! Ah! v'là M. Eustache, le père de Firmin.

FIRMIN.

Je me serais passé de sa vue très-volontiers.

JEANNOT (*se frottant les mains*).

S'il pouvait le gronder, ça serait-t'y divertissant !

SCÈNE III.

LES PRÉCÉDENTS, EUSTACHE.

EUSTACHE.

Très-bien, Firmin, vous employez bien votre temps ! rire, boire et causer.

FIRMIN.

Mais oui, mon père, c'est bien employer son temps.

EUSTACHE.

Penses-tu ?...

CHARLOT.

Ma foi, monsieur, c'est le vrai moyen que le temps ne paraisse pas long.

EUSTACHE.

AIR : *Aube riante.*

Vous, vous courez de hasards en hasards,
Et chaque jour vous vendez votre vie;
Vous revenez avec de riches parts,
Eh bien ! alors, vous faites chère lie !
On vous paie cher à votre bord,
Mais Firmin est toujours à terre,
Il n'a jamais quitté le port;
Chaque jour n'a que son salaire (*bis*).

CHARLOT.

Cela lui suffit, monsieur.

EUSTACHE.

Monsieur, il doit se préparer un avenir, même alors qu'il ne voudrait vivre que pour lui.

CHARLOT.

L'avenir d'un matelot, c'est l'estomac d'un requin !

JEANNOT.

C'est cela qui est gai !

EUSTACHE.

J'ai été militaire.

AIR :

J'exposai deux cents fois ma vie,
Je fus dans plus de vingt combats ;
Mais un bon cœur jamais n'oublie
Ceux qu'il aime, et qu'il ne voit pas.
Même en marchant sous la mitraille,
J'en gardais un doux souvenir ;
Leurs prières pendant la bataille
Me preparaient un avenir.

CHARLOT.

Ah ! c'est différent, personne ne prie pour moi.

EUSTACHE.

Je vous plains si vous êtes sans famille ; si vous méritez d'en être oublié, je vous plains encore.

CHARLOT.

Diable ! vous voulez me plaindre à tout prix.

JEANNOT.

Ah ! le père Eustache l'a battu !

EUSTACHE.

J'espère, Firmin, qu'aujourd'hui vous ne vous éloignerez pas ; dans une heure, votre frère tire : il peut être pris, il aura besoin de consolation.

JEANNOT.

Oh ! mon Dieu ! et moi donc, si je suis pris !

EUSTACHE.

Et toi aussi, Jeannot ; mais Julien sait combien son travail m'est nécessaire.

JEANNOT.

Mais, comme disait M. Charlot : votre gendre n'avait pas le droit de mourir ; chacun doit nourrir sa famille.

EUSTACHE.

M. Charlot dit cela ?

JEANNOT.

Oui, monsieur.

CHARLOT.

Monsieur sait qu'en plaisantant...

EUSTACHE.

On peut être cruel, j'ignorais...

CHARLOT (*à Firmin*).

I n'est pas réjouissant, ton père.

SCÈNE IV.

LES PRÉCÉDENTS, COLAS.

COLAS.

Je suis un garçon de tête,
Filourette, filourette;
Je n'irai pas à Paris, } *bis.*
Filourette, filouri; }
Car un sergent fort honnête,
Filourette, filourette,
En buvant me l'a promis,
Filourette, filouri,
En buvant me l'a promis.
Et pour un verre d'anisette,
Filourette, filourette,
Moi je ne serai pas pris,
Filourette, filouri.

JEANNOT.

J'en donnerai deux, j'en donnerai trois, je donnerai une bouteille.

CHARLOT.

Les bonnes dupes!

COLAS.

Dupe vous-même, monsieur le marin; ah! je ne me laisse insulter par personne, voyez-vous! je suis crâne, surtout quand j'ai pris de l'anisette...

CHARLOT.

Ah! monsieur, je ne vous insulte pas; je crois que j'aurais tort.

COLAS.

Vous dites cela d'un air...

FIRMIN.

D'un air de crainte...

COLAS.

Tu crois, Firmin... ah! voici Julien!

SCÈNE V.

LES PRÉCÉDENTS, JULIEN.

JULIEN.

Mon père, on vous demande à la mairie ; le maire veut prendre quelques renseignements ; comme vous avez été sergent, il croit que vous savez.

EUSTACHE.

Peut-être bien ; j'ai su bien des choses dans ma vie ; j'y vais.

(Il sort.)

JEANNOT.

Je vais acheter une bouteille d'anisette.

(Il sort.)

SCÈNE VI.

CHARLOT, JULIEN, FIRMIN, COLAS.

JULIEN.

Écoute, Firmin, si je pars, tu auras bien soin de mon père et de ses petits-enfants.

CHARLOT.

Messieurs, je vous laisse vous dire vos petites affaires. Venez-vous, monsieur Colas?

COLAS.

Nenni, car je serais curieux de voir comment Firmin va répondre à son frère.

FIRMIN.

Ah çà! veux-tu me tourner les talons? Si je te faisais passer la curiosité, ce serait pour tout de bon!

COLAS.

Vous ne voulez pas? eh bien! adieu:

Filuerotte, je n'en perdrai pas la tête,
Filourette, filourette,
La tête ni l'appetit,
Filourette, filouri

(Il sort.)

SCÈNE VII.

FIRMIN, JULIEN.

JULIEN.

Mon frère, le sort, aujourd'hui, peut nous séparer; je voudrais te confier mes projets, mes espérances.

FIRMIN.

Oui, parle. Je serai ton exécuteur testamentaire.

JULIEN.

Ah! je l'espère... Mon père est bien fatigué, je tâche de lui procurer quelques petites douceurs, je te dirai comme quoi je fais.

FIRMIN.

Oh ! oui, mais il gronde, le bonhomme.

JULIEN.

Lui, jamais, il me remercie toujours ; il ne me gronde que de trop travailler.

FIRMIN.

Ah ! je comprends ; mais moi, j'ai besoin de me distraire.

JULIEN.

Oh ! mon frère, si tu savais comme ces trois petits enfants sont intéressants ! ils sont charmants ; leurs caresses me délassent.

FIRMIN.

Je n'aime pas les enfants !

JULIEN.

Tu les aimeras... mais qu'est-ce que cela ?

SCÈNE VIII.

LES PRÉCÉDENTS, CHARLOT, JEANNOT, COLAS.

JEANNOT.

Allons, Julien, v'là le tirage qui commence ; entends-tu le tambour?

TOUS ENSEMBLE :

AIR : *Chasseurs diligent.*

J'entends le tambour,
Allons, on rappelle :
A l'ordre fidele,
Vite tu/je cours.
Que ta/ma main de l'urne
Nous/Me tire un billet
De bonne fortune :
Ne sois pas inquiet.
Allons ! du courage,
Courons à l'ouvrage,
Sois heureux et sage,
Dieu te conduira, tra la !

(Ils sortent.)

FIN DU PREMIER ACTE.

SECOND ACTE.

SCÈNE PREMIÈRE.

COLAS.

Ma foi ! j'en perdrai la tête,
Filourette, filourette ;
Eh bien donc, me voilà pris !
Filourette, filouri.
Il a bu mon anisette,
Filourette, filourette,
Et pourtant me voilà pris,
Filourette, filouri.

SCÈNE II.

COLAS, JEANNOT.

JEANNOT.

Que j'sis content ! queu bonne nouvelle,
Je n'irai pas au régiment !
Je crains d'en perdre la cervelle ;
Je pleure et je ris comme un enfant.
Que j'sis content !
Ah ! ah ! ah ! qu' j'sis content !
Ah ! queu bonheur ! queu biau moment !
Ah ! pour moi queu ravissement,

Que j'sis joyeux! que j'sis content!
J'en mourrai de contentement!
Ah! maintenant me v'la tranquille.
J'irai crier de ville en ville,
J'irai danser, sauter, chanter;
Que j'sis content!

COLAS.

Comment oses-tu être si content, quand j'ai tant de chagrin?

JEANNOT.

C'est que, vois-tu, le chagrin des autres, ça me fait rien du tout, rien du tout.

COLAS.

C'est ça qu'est beau!

JEANNOT.

Ah! pourtant, tiens, je dis vrai, si Julien était pris, ça me ferait quelque chose.

COLAS.

Eh bien! à moi aussi; c'est que c'est un gentil garçon!

JEANNOT.

Oh! oui; c'est pas comme son

frère aîné qui fait l'important, et qui se croit quelque chose !

COLAS.

Oh ! oui, y se croit quelque chose, parce qu'il aide le grand escogriffe Charlot à manger l'héritage de sa tante.

JEANNOT.

C'est moi qui n'aime pas ce M. Charlot !

SCÈNE III.

LES PRÉCÉDENTS, CHARLOT.

CHARLOT.

Qui m'appelle ?

JEANNOT.

Pas moi.

COLAS.

Ni moi.

CHARLOT.

Alors vous parliez de moi, car j'ai

entendu distinctement mon nom; que disiez-vous?

JEANNOT.

Rien.

CHARLOT.

Imbécile, penses-tu me faire accroire?

COLAS.

Vous faire accroire, à vous? on dit que vous ne croyez à rien.

CHARLOT.

On dit cela?... les impertinents!... les sots!... Mais pourquoi se fâcher? Ah! Colas, tu es pris?

COLAS.

AIR. *Guernadier, que tu m'affliges.*

Ah! Charlot, tu m'exaspères
En m'parlant de numéro,
Vrai, ça m'brouille la cervelle,
Je crains d'en perdre l'esprit;
Car, vrai, j'sis tracassé,
Tourmenté
D'partir pour le régiment.

CHARLOT.

Eh bien ! mon cher, je vais te consoler.

COLAS.

Comment allez-vous faire ?

CHARLOT.

Tu ne veux pas aller au régiment?

COLAS.

Non !

CHARLOT.

Tu ne veux pas de cette vie de pousse-cailloux ?

COLAS.

Non, non...

CHARLOT.

Eh bien ! mon cher...

COLAS.

Dites... donc.

CHARLOT.

Eh bien ! mon cher, il y a besoin de matelots : la moitié des recrues doivent être envoyées à Brest pour être embarquées; demande à être de ceux-là, on ne te refusera pas...

COLAS.

Oh ! je ne suis pas si bête,
Filourette, filourette.
Je vous remercie, cher ami,
Filourette, filouri.

CHARLOT.

Comment ! tu ne veux pas t'embarquer?

AIR : *A voyager passant sa vie.*

Ah ! combien j'aime la tempête !
J'aime à lutter avec le vent,
J'aime le tonnerre sur ma tête,
La mer s'élevant follement.
Je sens toute mon energie,
A l'instant je me sens grandir;
Je me prends à chérir la vie,
Qu'un seul instant peut me ravir.

COLAS.

Je n'ai pas besoin de ça pour aimer la vie, moi.

CHARLOT.

Embarque-toi, mon cher.

COLAS.

Non, non, il n'y a point de porte de derrière.

CHARLOT.

Le lâche !...

COLAS.

C'est ça qu'est bête de m'appeler lâche... J'ai peur, voilà tout.

CHARLOT.

Tu ne veux pas? Adieu ; à bientôt, s'entend.

(Il sort.)

SCÈNE IV.

JEANNOT, COLAS, FIRMIN.

FIRMIN.

Qu'as-tu donc, mon pauvre Colas?

COLAS.

C'est M. Charlot qu'est à me dire des bêtises.

FIRMIN.

Comment, des bêtises !

COLAS.

Oui, y me dit qu'il faut me faire matelot.

FIRMIN.

Il a raison ; si j'étais pris, je n'y manquerais pas. Cette année, on donne le choix de l'armée de terre ou de mer.

JEANNOT.

Si Julien est pris, tu lui donneras ce conseil.

FIRMIN.

Je pense qu'en faveur de ses vertus il ne sera pas pris.

JEANNOT.

Ah ! ce sont mes vertus qui m'ont valu le bon billet.

COLAS.

Ma foi, non! pas pour toi, mais Julien : il est bien méritant.

JEANNOT.

Nous verrons ce que ça fait.

COLAS.

Je n'ai pas pensé à dire que j'étais poitrinaire, c'est une cause d'exemption.

JEANNOT.

Témoin le cheval du brigadier de gendarmerie qu'on a réformé parce qu'il était poussif.

JEANNOT.

Es-tu enrhumé souvent ?

COLAS.

Jamais.

—

SCÈNE V.

LES PRÉCÉDENTS, EUSTACHE, FIRMIN, JULIEN.

JULIEN.

Mon père, mon père, que j'ai de chagrin ! Mon frère, prends soin de mon père, de ses pauvres petits enfants. Te voilà père de famille, tu travailleras...

EUSTACHE.

AIR : *A la frontière.*

Mon fils, mon fils, cache tes larmes,
Elles retombent sur mon cœur ;
Sois noble et digne sous les armes,
Reviens avec la croix d'honneur.
Ah ! malgré ma douleur amère,
Dussions-nous un jour te pleurer,
Mon fils, tu dois te distinguer,
Que le fils soit digne du père.
Mon fils, mon fils, sois bon soldat,
Sois brave et ménage ta vie ;
Je prierai le Dieu des combats :
L'homme combat, le vieillard prie.
Honneur, honneur, ô mon enfant,

A qui succombe en combattant,
En combattant pour la patrie!

FIRMIN.

Oh! mon Julien.

JULIEN.

Firmin, pense à tout ce que je t'ai dit : c'est un grand chagrin pour moi de quitter ma famille, mais tu peux me remplacer près de...

FIRMIN.

Quel trait de lumière !... A bientôt.

SCÈNE VI.

LES PRÉCÉDENTS, MOINS FIRMIN.

EUSTACHE.

Qu'a-t-il?

JEANNOT.

Il va chercher M. Charlot; il est gai, il vous consolera.

EUSTACHE.

On ne se console pas de la perte d'un fils comme Julien avec des folies, mon pauvre Jeannot ; toi, tu as un bon billet?

JEANNOT.

Oui, père Eustache ; mais, vrai, quoique je sois content, que j'en sois bien aise, vrai, j'ai du chagrin pour Julien.

COLAS.

Et moi aussi, mais je serai fier de dire que t'es mon pays.

JULIEN.

Je tâcherai de mériter la bonne opinion que t'as de moi:

JEANNOT.

AIR : *C'est bien le plus joli corsage.*

Mon ami, tu quittes le village,
Mais je prierai souvent pour toi ;

Quand tu seras dans le carnage,
Tu diras : Jeannot pense à moi.
Quand les Africains dans la plaine
Te donneront de bons coups sur le dos,
Tu diras : Je suis dans la peine,
Mais j'ai la pensee de Jeannot.

COLAS.

C'est cela qu'est consolant !

JEANNOT.

Je console à ma manière.

COLAS.

Elle est jolie cette manière ; tiens, Julien, v'ci la mienne :

AIR : *Guernadier, que tu m'affliges.*

Nous irons dans de bonnes auberges,
Nous boirons de bon cidre doux,
Nous danserons dans les villages,
Nous nous amuserons tous les jours ;
Nous boirons,
Nous danserons,
Nous sauterons
De bon cœur,
Tous les jours.

JULIEN.

Mon père, je me distinguerai.

EUSTACHE.

Voilà la seule consolation que tu puisses me donner !

JULIEN.

Vous l'aurez, mon père.

COLAS.

Comment faut-il faire pour se distinguer ?

EUSTACHE.

Il faut remplir tous ses devoirs.

COLAS.

Croyez-vous, père Eustache, que si je m'en va à la guerre, je me battrai ; pas si bête! on me le rendrait.

EUSTACHE.

Allons donc, Colas, tu me fais honte !

COLAS.

Vous avez bien de la bonté, monsieur Eustache ; moi, je n'ai pas de honte ; chacun défend sa vie comme il peut : moi, j'ai toujours pensé que je la défendrais en courant

JULIEN.

Vous fuiriez ?

COLAS.

C'est-t'y s'échapper ?

JULIEN.

Oui.

COLAS.

Mais je ne connais pas d'autre moyen de n'être pas attrapé.

EUSTACHE.

l y en a un bien meilleur.

COLAS.

Lequel ?

EUSTACHE.

C'est celui de faire reculer les autres.

COLAS.

Àh ! ah !

EUSTACHE.

AIR :

J'ai vu souvent s'enfuir le lâche,
Presque toujours on l'atteignait,
Et l'homme faible qui se cache,
Presque toujours on le trouvait ;
Mais celui que l'ardeur anime,
Celui qui sait tout défier,
Objet d'un respect unanime,
Personne n'osait l'attaquer.

COLAS.

Si je pouvais faire peur aux balles, je serais fier.

SCÈNE VII.

LES PRÉCÉDENTS, CHARLOT ET FIRMIN (*en matelot*).

EUSTACHE.

Qu'est-ce cela ?

FIRMIN.

AIR : *On dit que le temps et l'absence.*

Il soutient toute la famille,
Il etait votre unique appui ;
Il a remplacé votre fille,
Eh bien ! je partirai pour lui.
Recevez, ô mon tendre père,
Ma vie que je viens vous offrir ;
Je serai digne de mon frère,
Et mon père pourra me bénir.

JULIEN.

Non, mon frère, je ne souffrirai pas.

FIRMIN.

Oh ! je t'en prie. Mon père, ordonnez-lui d'accepter !

EUSTACHE.

AIR : *Une fille est oiseau.*

Mon fils, je n'ose accepter...

FIRMIN.

Oh ! je vous en prie, mon père.

COLAS.

Vraiment il se désespère,
Ne vous faites pas prier.

FIRMIN.

Vous oublierez ma folie,
Je réparerai ma vie.

CHARLOT.

Il défendra la patrie.

JEANNOT.

C'est un bel état, vraiment.

FIRMIN.

Je veux vous rendre mon frère.

EUSTACHE.

Hélas ! hélas ! que dois-je faire ?

TOUS.

Acceptez, c'est votre enfant.

EUSTACHE.

Mon fils, tu m'as vaincu.

CHARLOT.

AIR : *De cette rose.*

Il marchera sur votre trace,
Car c'est le chemin de l'honneur ;

N'est-il pas digne de sa grâce?
N'admirez-vous pas son bon cœur?
L'homme de cœur et d'énergie,
Comme un autre homme peut tomber,
Mais toujours il offre sa vie
Pour la faute qu'il faut laver.

JEANNOT.

On ne se lave pas souvent de même.

CHARLOT.

Non, car on se corrige. Monsieur Eustache, je n'étais qu'un homme brave, je veux devenir un brave homme.

CHARLOT.

AIR : *Du maçon, du courage.*

J'ai bon cœur et mauvaise tête,
Et toujours je m'applaudissais!
Mais dans mon chemin je m'arrête,
Pauvre Firmin, je te perdais!
J'ai rencontré sur mon passage
Ton père qui m'a rendu sage ;
Va, je te prêterai mon bras :
Du courage, du courage,
L'ami sera toujours là.

EUSTACHE.

Si j'accepte le sacrifice
Que tu veux faire à l'amitié,
C'est qu'en recevant ce service.
J'espère qu'il sera payé ;
Va, si je reçois ton hommage,
Firmin, nos cœurs seront le gage
Du sentiment qui te suivra.
  Du courage, du courage,
  Les amis seront toujours là.

FIRMIN.

Je serais heureux de vous plaire,
Si vous admirez mon bon cœur ;
Ne devez-vous pas pour salaire
M'écouter avecque faveur ?
Puisque je quitte le village,
Vos tendres vœux sont mon partage.
Dites-moi qu'on m'applaudira,
  Du courage, du courage,
  Les amis seront toujours là.

FIN.

Lith Goyer I Pas Dauphine

www.ingramcontent.com/pod-product-compliance
Ingram Content Group UK Ltd.
Pitfield, Milton Keynes, MK11 3LW, UK
UKHW031859260826
14628UKWH00002B/877

9 782019 211271